平成狂歌百人一首

丘手秋檸檬《おかのてのあきれもん》

東京図書出版

狂画

ご存知百人一首を
本歌にとりて詠める

あまつ風
花粉のかよひ路
ふきとぢよ
乙女のクシャミ
しばしとどめむ

丘年 秋撑様

徳川の世も太平になりぬれば、人々機知と笑いを織り交ぜて浪花狂歌をものせしが、やがて江戸狂歌として花を咲かせたり。

いま、世は太平にあらざれど、かえりて「世に狂歌の種は尽きまじ」とこそ言えるにや。

さて、狂歌の中の「本歌取り」と言われしは、世に著名なりし三十一文字をひねくりパロディ化して歌えるものにこそありにけれ。

われも、徒然なるままに、いにしえの秀歌を戯歌《ざれうた》に変えて楽しまんと、まずは、かの藤原定家編したる「百人一首」を本歌に取り、朝な夕なにものせるを、ここに集めて、

「平成狂歌百人一首」と名づけたり。

平成二十八年十月

丘手秋檸檬《オカノテノアキレモン》

平成狂歌百人一首

目次

一　秋の田の　かりほの庵の　苫を荒み　わが衣手は　露にぬれつつ　天智天皇　11

二　春すぎて　夏来にけらし　白妙の　衣ほすてふ　天の香具山　持統天皇　12

三　足引きの　山鳥の尾の　しだり尾の　長々し夜を　ひとりかも寝む　柿本人麿　13

四　田子の浦に　うち出でて見れば　白妙の　富士の高嶺に　雪はふりつつ　山辺赤人　14

五　おくやまに　紅葉踏み分け　なく鹿の　声聞く時ぞ　秋は悲しき　猿丸大夫　15

六　鵲の　渡せる橋に　おく霜の　白きを見れば　夜ぞふけにける　中納言家持　16

七　天の原　ふりさけみれば　春日なる　三笠の山に　出でし月かも　阿倍仲麻呂　17

八　我が庵は　都のたつみ　しかぞ住む　世をうぢ山と　人はいふなり　喜撰法師　18

九　花の色は　移りにけりな　いたづらに　わが身世にふる　ながめせし間に　小野小町　19

一〇　これやこの　行くも帰るも　別れては　知るも知らぬも　逢坂の関　蟬丸　20

一一　わたの原　八十島かけて　漕ぎ出でぬと　人には告げよ　海人の釣船　参議篁　21

一二　天つ風　雲のかよひ路　吹き閉ぢよ　乙女のすがた　しばしとどめむ　僧正遍昭　22

一三　筑波嶺の　峰より落つる　みなの川　恋ぞつもりて　淵となりぬる　陽成院　23

一四　陸奥の　しのぶもぢずり　誰ゆゑに　乱れそめにし　我ならなくに　河原左大臣　24

一五　君がため　春の野に出でて　若菜つむ　わが衣手に　雪は降りつつ　光孝天皇　25

一六　立ち別れ　いなばの山の　峰に生ふる　まつとし聞かば　今帰り来む　中納言行平　26
一七　ちはやぶる　神代もきかず　龍田川　からくれなゐに　水くくるとは　在原業平朝臣　27
一八　住の江の　岸による波　よるさへや　ゆめの通ひ路　人目よくらむ　藤原敏行朝臣　28
一九　難波潟　みじかきあしの　ふしのまも　あはで此のよを　過ぐしてよとや　伊勢　29
二〇　わびぬれば　今はた同じ　難波なる　身をつくしても　あはむとぞ思ふ　元良親王　30
二一　今こむと　いひしばかりに　長月の　有明の月を　まちいでつるかな　素性法師　31
二二　吹くからに　秋の草木の　しをるれば　むべ山風を　あらしといふらむ　文屋康秀　32
二三　月みれば　千々にものこそ　悲しけれ　我が身ひとつの　秋にはあらねど　大江千里　33
二四　此のたびは　幣も取り敢へず　手向山　紅葉の錦　神のまにまに　菅家　34
二五　名にしおはば　逢坂山の　さねかづら　人にしられで　くるよしもがな　三条右大臣　35
二六　小倉山　峰のもみぢ葉　心あらば　今ひとたびの　みゆき待たなむ　貞信公　36
二七　みかの原　わきて流るる　いづみ川　いつみきとてか　恋しかるらむ　中納言兼輔　37
二八　山里は　冬ぞさびしさ　まさりける　人目も草も　かれぬと思へば　源宗于朝臣　38
二九　心あてに　折らばや折らむ　初霜の　おきまどはせる　白菊の花　凡河内躬恒　39
三〇　有明の　つれなく見えし　別れより　暁ばかり　憂きものはなし　壬生忠岑　40

三一　朝ぼらけ　有明の月と　見るまでに　吉野の里に　降れる白雪　坂上是則　41
三二　山川に　風のかけたる　しがらみは　流れもあへぬ　紅葉なりけり　春道列樹　42
三三　久方の　光のどけき　春の日に　しづ心なく　花の散るらむ　紀友則　43
三四　誰をかも　知る人にせむ　高砂の　松も昔の　友ならなくに　藤原興風　44
三五　人はいさ　心も知らず　ふるさとは　花ぞ昔の　香ににほひける　紀貫之　45
三六　夏の夜は　まだ宵ながら　明けぬるを　雲のいづくに　月宿るらむ　清原深養父　46
三七　白露に　風の吹きしく　秋の野は　つらぬきとめぬ　玉ぞ散りける　文屋朝康　47
三八　忘らるる　身をば思はず　誓ひてし　人の命の　惜しくもあるかな　右近　48
三九　浅茅生の　小野の篠原　忍ぶれど　あまりてなどか　人の恋しき　参議等　49
四〇　忍ぶれど　色に出でにけり　わが恋は　物や思ふと　人の問ふまで　平兼盛　50
四一　恋すてふ　わが名はまだき　立ちにけり　人知れずこそ　思ひそめしか　壬生忠見　51
四二　契りきな　かたみに袖を　しぼりつつ　末の松山　波越さじとは　清原元輔　52
四三　逢ひ見ての　後の心に　くらぶれば　昔は物を　思はざりけり　権中納言敦忠　53
四四　逢ふことの　たえてしなくば　なかなかに　人をも身をも　恨みざらまし　中納言朝忠　54
四五　あはれとも　いふべき人は　思ほえで　身のいたづらに　なりぬべきかな　謙徳公　55

四六　由良のとを　渡る船人　かぢを絶え　行方も知らぬ　恋の道かな　曾禰好忠　56

四七　八重葎　しげれる宿の　さびしきに　人こそ見えね　秋は来にけり　恵慶法師　57

四八　風をいたみ　岩うつ波の　おのれのみ　砕けて物を　思ふころかな　源重之　58

四九　御垣守　衛士の焚く火の　夜は燃え　昼は消えつつ　物をこそ思へ　大中臣能宣朝臣　59

五〇　君がため　惜しからざりし　命さへ　長くもがなと　思ひけるかな　藤原義孝　60

五一　かくとだに　えやはいぶきの　さしも草　さしも知らじな　燃ゆる思ひを　藤原実方朝臣　61

五二　明けぬれば　暮るるものとは　知りながら　なほ恨めしき　朝ぼらけかな　藤原道信朝臣　62

五三　嘆きつつ　ひとり寝る夜の　明くる間は　いかに久しき　ものとかは知る　右大将道綱母　63

五四　忘れじの　行末までは　かたければ　今日を限りの　命ともがな　儀同三司母　64

五五　滝の音は　絶えて久しく　なりぬれど　名こそ流れて　なほ聞こえけれ　大納言公任　65

五六　あらざらむ　この世のほかの　思ひ出に　いまひとたびの　逢ふこともがな　和泉式部　66

五七　めぐり逢ひて　見しやそれとも　わかぬ間に　雲隠れにし　夜半の月かな　紫式部　67

五八　有馬山　猪名の笹原　風吹けば　いでそよ人を　忘れやはする　大弐三位　68

五九　やすらはで　寝なましものを　小夜ふけて　かたぶくまでの　月を見しかな　赤染衛門　69

六〇　大江山　いく野の道の　遠ければ　まだふみもみず　天の橋立　小式部内侍　70

六一　いにしへの　奈良の都の　八重桜　けふ九重に　にほひぬるかな　伊勢大輔　71

六二　夜をこめて　鳥の空音は　はかるとも　よに逢坂の　関はゆるさじ　清少納言　72

六三　今はただ　思ひ絶えなむ　とばかりを　人づてならで　いふよしもがな　左京大夫道雅　73

六四　朝ぼらけ　宇治の川霧　たえだえに　あらはれわたる　瀬々の網代木　権中納言定頼　74

六五　恨みわび　ほさぬ袖だに　あるものを　恋に朽ちなむ　名こそ惜しけれ　相模　75

六六　もろともに　あはれと思へ　山桜　花よりほかに　知る人もなし　前大僧正行尊　76

六七　春の夜の　夢ばかりなる　手枕に　かひなく立たむ　名こそ惜しけれ　周防内侍　77

六八　心にも　あらでうき世に　ながらへば　恋しかるべき　夜半の月かな　三条院　78

六九　あらし吹く　三室の山の　もみぢ葉は　竜田の川の　錦なりけり　能因法師　79

七〇　さびしさに　宿を立ち出でて　ながむれば　いづくも同じ　秋の夕暮　良暹法師　80

七一　夕されば　門田の稲葉　おとづれて　蘆のまろやに　秋風ぞ吹く　大納言経信　81

七二　音に聞く　高師の浜の　あだ波は　かけじや袖の　ぬれもこそすれ　祐子内親王家紀伊　82

七三　高砂の　尾上の桜　咲きにけり　外山の霞　立たずもあらなむ　前中納言匡房　83

七四　憂かりける　人をはつせの　山おろしよ　はげしかれとは　祈らぬものを　源俊頼朝臣　84

七五　契りおきし　させもが露を　命にて　あはれ今年の　秋もいぬめり　藤原基俊　85

七六　わたの原　漕ぎ出でて見れば　久方の　雲ゐにまがふ　沖つ白波　法性寺入道前関白太政大臣　86

七七　瀬をはやみ　岩にせかるる　滝川の　われても末に　逢はむとぞ思ふ　崇徳院　87

七八　淡路島　通ふ千鳥の　鳴く声に　幾夜ねざめぬ　須磨の関守　源兼昌　88

七九　秋風に　たなびく雲の　絶え間より　もれ出づる月の　影のさやけさ　左京大夫顕輔　89

八〇　長からむ　心も知らず　黒髪の　乱れて今朝は　ものをこそ思へ　待賢門院堀河　90

八一　ほととぎす　鳴きつる方を　眺むれば　ただ有明の　月ぞ残れる　後徳大寺左大臣　91

八二　思ひわび　さても命は　あるものを　憂きに堪へぬは　涙なりけり　道因法師　92

八三　世の中よ　道こそなけれ　思ひ入る　山の奥にも　鹿ぞ鳴くなる　皇太后宮大夫俊成　93

八四　ながらへば　またこの頃や　しのばれむ　憂しと見し世ぞ　今は恋しき　藤原清輔朝臣　94

八五　夜もすがら　物思ふころは　明けやらぬ　閨のひまさへ　つれなかりけり　俊恵法師　95

八六　嘆けとて　月やは物を　思はする　かこち顔なる　わが涙かな　西行法師　96

八七　村雨の　露もまだひぬ　まきの葉に　霧たちのぼる　秋の夕暮　寂蓮法師　97

八八　難波江の　蘆のかり寝の　ひとよゆゑ　身をつくしてや　恋ひわたるべき　皇嘉門院別当　98

八九　玉の緒よ　絶えなば絶えね　ながらへば　忍ぶることの　弱りもぞする　式子内親王　99

九〇　見せばやな　雄島のあまの　袖だにも　濡れにぞ濡れし　色はかはらず　殷富門院大輔　100

九一　きりぎりす　鳴くや霜夜の　さむしろに　衣かたしき　ひとりかも寝む　後京極摂政前太政大臣　101
九二　わが袖は　潮干に見えぬ　沖の石の　人こそ知らね　乾く間もなし　二条院讃岐　102
九三　世の中は　常にもがもな　渚漕ぐ　あまの小舟の　綱手かなしも　鎌倉右大臣　103
九四　み吉野の　山の秋風　小夜ふけて　ふるさと寒く　衣うつなり　参議雅経　104
九五　おほけなく　憂き世の民に　おほふかな　わが立つ杣に　墨染の袖　前大僧正慈円　105
九六　花さそふ　嵐の庭の　雪ならで　ふりゆくものは　わが身なりけり　入道前太政大臣　106
九七　来ぬ人を　まつほの浦の　夕なぎに　焼くや藻塩の　身もこがれつつ　権中納言定家　107
九八　風そよぐ　ならの小川の　夕暮は　みそぎぞ夏の　しるしなりける　従二位家隆　108
九九　人もをし　人もうらめし　あぢきなく　世を思ふゆゑに　物思ふ身は　後鳥羽院　109
一〇〇　ももしきや　古き軒端の　しのぶにも　なほあまりある　昔なりけり　順徳院　110
後書き――狂歌と私……111

一

あきれたの　借りたマンション　基礎手抜き
わたしころんだ　傾く家で

秋の田の　かりほの庵の　苫を荒み　わが衣手は　露にぬれつつ

天智天皇

二

春すぎて　夏来にけらし　日差しうけ
すだれ売るてふ　街の家具屋は

春すぎて　夏来にけらし　白妙の　衣ほすてふ　天の香具山

持統天皇

三

足とめし　居酒屋の夜の　長き夜の
おやじ頼むぞ　も一つ鴨ネギ

足引きの　山鳥の尾の　しだり尾の　長々し夜を　ひとりかも寝む

柿本人麿

四

田子の浦　うち出でてみれば　黒煙の
箱根の山は　噴火せるとや

田子の浦に　うち出でて見れば　白妙の　富士の高嶺に　雪はふりつつ
山辺赤人

五

街なかに　フン取る主人　従へて
吠えたる犬の　熱き雄たけび

おくやまに　紅葉踏み分け　なく鹿の　声聞く時ぞ　秋は悲しき

猿丸大夫

六

川崎へ　わたせる橋に　混む車
白きはあれは　救急車

鵲の　渡せる橋に　おく霜の　白きを見れば　夜ぞふけにける

中納言家持

七

あれがまあ　ふりさいて見る　ファッションか
やぶれデニムに　出でし膝かも

天の原　ふりさけみれば　春日なる　三笠の山に　出でし月かも

阿倍仲麻呂

八

我が家は　坂の途中の　もえぎ野の
世に丘の手と　人はいふなり

我が庵は　都のたつみ　しかぞ住む　世をうぢ山と　人はいふなり

喜撰法師

九

花の色は　移らざりけり　いかなれや
触ってみれば　なんだ造花か

花の色は　移りにけりな　いたづらに　わが身世にふる　ながめせし間に

小野小町

一〇

これやこの　戦没者も　戦犯も
一緒に祀り　もめる靖国

これやこの　行くも帰るも　別れては　知るも知らぬも　逢坂の関

蟬丸

一一

わたしたち　八十過ぎて　独り身の
人には告げよ　寂しくないぞと

わたの原　八十島かけて　漕ぎ出でぬと　人には告げよ　海人の釣船

参議篁

一二

あまつ風　花粉のかよひ路　ふきとぢよ
乙女のクシャミ　しばしとどめむ

天つ風　雲のかよひ路　吹き閉ぢよ　乙女のすがた　しばしとどめむ

僧正遍昭

一三　つくばねの　峰こえてくる　台風の
雨ぞつもりて　土手は崩壊

筑波嶺の　峰より落つる　みなの川　恋ぞつもりて　淵となりぬる

陽成院

一四

陸奥の　放射性の　廃棄物
乱れそめにし　村ならなくに

陸奥の　しのぶもぢずり　誰ゆゑに　乱れそめにし　我ならなくに

河原左大臣

一五

君がため　街角に出て　ゴミ捨つる
わが生ゴミを　カラス狙いつ

君がため　春の野に出でて　若菜つむ　わが衣手に　雪は降りつつ

光孝天皇

一六　立ち枯れの　いなばの山の　峰におふる
まつとしきかば　コリャ酸性雨

立ち別れ　いなばの山の　峰に生ふる　まつとし聞かば　今帰り来む
中納言行平

一七

ちはやぶる　神代もきかず　増殖炉
からくり複雑　増える廃水

ちはやぶる　神代もきかず　龍田川　からくれなゐに　水くくるとは

在原業平朝臣

一八

住む家に　不動産屋の　よりてきて
ゆめの価格と　口説きにかかる

住の江の　岸による波　よるさへや　ゆめの通ひ路　人目よくらむ

藤原敏行朝臣

一九　なんでまあ　みじかきあしを　出してまで
ショートパンツを　穿いてゆくとや

難波潟　みじかきあしの　ふしのまも　あはで此のよを　過ぐしてよとや
伊勢

二〇

わびぬれど　今また同じ　ヤジ飛ばす
あれが議員か　あはれ国民

わびぬれば　今はた同じ　難波なる　身をつくしても　あはむとぞ思ふ
元良親王

二一

今すると　いひしばかりの　減税の
還付の月を　待ちわびるかな

今こむと　いひしばかりに　長月の　有明の月を　まちいでつるかな

素性法師

二二

飲むからに　和酒洋酒　とりまぜて
むべよっぱらいの　おとうさんかな

吹くからに　秋の草木の　しをるれば　むべ山風を　あらしといふらむ
文屋康秀

二三

月満ちて　千々にものこそ　買いそろへ
我が身ひとつの　身体にあらねば

月みれば　千々にものこそ　悲しけれ　我が身ひとつの　秋にはあらねど

大江千里

二四　此のたびは　海水浴場　閉鎖する
鮫の姿の　波のまにまに

此のたびは　幣も取り敢へず　手向山　紅葉の錦　神のまにまに

菅家

二五

名にしおはば　逢坂山で　スマホとり
人にしられで　会うせ楽しむ

名にしおはば　逢坂山の　さねかづら　人にしられで　くるよしもがな

三条右大臣

二六

をぐら餅　中のあんこの　甘ければ
今ひとたびの　買ひにゆかなむ

小倉山　峰のもみぢ葉　心あらば　今ひとたびの　みゆき待たなむ

貞信公

二七　公園の　わき水そそぐ　池のはた
いつ来てみても　鯉しか居らん

みかの原　わきて流るる　いづみ川　いつみきとてか　恋しかるらむ

中納言兼輔

二八

山里は　冬は賑はふ　スキー客
人めも金も　飛び交ふうれしさ

山里は　冬ぞさびしさ　まさりける　人目も草も　かれぬと思へば

源宗于朝臣

二九　心あてに　買へれば買わむ　外債の
決めまどはせる　レート変動

心あてに　折らばや折らむ　初霜の　おきまどはせる　白菊の花

凡河内躬恒

三〇　有り金の　つぎこみしはての　暴落に
株屋の面ほど　憂きものはなし

有明の　つれなく見えし　別れより　暁ばかり　憂きものはなし

壬生忠岑

三一

朝寝坊　あさげをとらむ　ひまなくて
テレビを見れば　大雪注意

朝ぼらけ　有明の月と　見るまでに　吉野の里に　降れる白雪

坂上是則

三二

山川に　屑篭欠けたる　観光地
捨てるもあへず　ゴミ持ち帰る

山川に　風のかけたる　しがらみは　流れもあへぬ　紅葉なりけり

春道列樹

三三

ひさしぶり　花粉飛び交ふ　春の日に
しづ心なく　鼻をかむらむ

久方の　光のどけき　春の日に　しづ心なく　花の散るらむ

紀友則

三四　誰もかも　知る人にせむ　高齢者
デイサービスの　友ならなくに

誰をかも　知る人にせむ　高砂の　松も昔の　友ならなくに

藤原興風

三五　人はいさ　心もしらず　故郷は
花ぞ観光　かせぎ頭と

人はいさ　心も知らず　ふるさとは　花ぞ昔の　香ににほひける

紀貫之

三六　夏の夜は　まだ宵ながら　蚊の出づる
家のいづくに　住みついたるか

夏の夜は　まだ宵ながら　明けぬるを　雲のいづくに　月宿るらむ

清原深養父

三七

白露に　風の吹きしく　秋の野は
掃きとりきれぬ　落ち葉散りける

白露に　風の吹きしく　秋の野は　つらぬきとめぬ　玉ぞ散りける

文屋朝康

三八

忘らるる　身をば思はず　介護する
あなたの命　先みぢかしと

忘らるる　身をば思はず　誓ひてし　人の命の　惜しくもあるかな

右近

三九　あさ味の　小野の豆腐は　うまければ
あまりもどうか　持ち帰らせて

浅茅生の　小野の篠原　忍ぶれど　あまりてなどか　人の恋しき

参議等

四〇　忍ぶれど　音に出でにけり　スマホにて
惚れてんのかと　人の問ふまで

忍ぶれど　色に出でにけり　わが恋は　物や思ふと　人の問ふまで

平兼盛

四一

恋すてふ　我名はまだき　立ちにけり
スマホに洩れて　友の間に

恋すてふ　わが名はまだき　立ちにけり　人知れずこそ　思ひそめしか
壬生忠見

四二　契りきな　かたみに腕を　まくりつつ
九州地方　地震こさじと

契りきな　かたみに袖を　しぼりつつ　末の松山　波越さじとは

清原元輔

四三

逢ふてみて　親しくなって　よく見れば
あばたもえくぼと　よくも言ったり

逢ひ見ての　後の心に　くらぶれば　昔は物を　思はざりけり

権中納言敦忠

四四　債務処理　たえてしなくば　なかなかに
不景気株安　恨みざらまし

逢ふことの　たえてしなくば　なかなかに　人をも身をも　恨みざらまし
中納言朝忠

四五　あはれとも　いふべき人は　思ほえで
身はいつの間にか　介護施設に

あはれとも　いふべき人は　思ほえで　身のいたづらに　なりぬべきかな

謙徳公

四六　揺れる国　旗振る安倍さん　かぢを絶え
行方も知らぬ　アベノミクス

由良のとを　渡る船人　かぢを絶え　行方も知らぬ　恋の道かな

曾禰好忠

四七　八重葎　しげれる家の　さびしきに
人こそ見えね　空き家となりけり

八重葎　しげれる宿の　さびしきに　人こそ見えね　秋は来にけり

恵慶法師

四八　風をいたみ　岩うつ波の　おのれのみ
　　うけたリストラ　恨むこの頃

風をいたみ　岩うつ波の　おのれのみ　砕けて物を　思ふころかな

源重之

四九　居酒屋の　ネオンサインの　夜は映え
昼は消えたり　抱きし夢も

御垣守　衛士の焚く火の　夜は燃え　昼は消えつつ　物をこそ思へ
大中臣能宣朝臣

五〇　君と飲む　時間ですよと　告げられて
長くもがなと　思ひけるかな

君がため　惜しからざりし　命さへ　長くもがなと　思ひけるかな

藤原義孝

五一

描くとだに　絵やはモデルの　ヌードとて
さしも知らじな　燃ゆる思ひを

かくとだに　えやはいぶきの　さしも草　さしも知らじな　燃ゆる思ひを

藤原実方朝臣

五二　歳取れば　ボケるものとは　知りながら
なほ恨めしき　朝のボケかな

明けぬれば　暮るるものとは　知りながら　なほ恨めしき　朝ぼらけかな
藤原道信朝臣

五三

嘆きつつ　ひとり寝る夜の　明くるまで
なんと長いか　腹がへったよ

嘆きつつ　ひとり寝る夜の　明くる間は　いかに久しき　ものとかは知る
右大将道綱母

五四　忘れじの　行末までは　かたければ
今日は今日とて　あとは浮気か

忘れじの　行末までは　かたければ　今日を限りの　命ともがな

儀同三司母

五五

化学肥料　絶えて久しく　なりぬれど
名こそ流れて　有機野菜と

滝の音は　絶えて久しく　なりぬれど　名こそ流れて　なほ聞こえけれ
大納言公任

五六　あらまほし　この世の甘き　思ひ出に
また幾たびか　逢ふことも がな

あらざらむ　この世のほかの　思ひ出に　いまひとたびの　逢ふこともがな

和泉式部

五七　めぐり逢ひて　見しやそれとも　わかぬ間に
雲隠れにし　金貸した人

めぐり逢ひて　見しやそれとも　わかぬ間に　雲隠れにし　夜半の月かな
紫式部

五八

ありやまあ　電車の時間に　あわせむと
急いで出れば　忘れものする

有馬山　猪名の笹原　風吹けば　いでそよ人を　忘れやはする

大弐三位

五九　安くない　値のはるものを　買へるかな
かたぶく財布の　底が見えしか

やすらはで　寝なましものを　小夜ふけて　かたぶくまでの　月を見しかな
赤染衛門

六〇　大江山　いく野の道の　遠ければ
車で行かふ　天の橋立

大江山　いく野の道の　遠ければ　まだふみもみず　天の橋立

小式部内侍

六一

いつもまた　おならする人　やってきて
けふもこの辺　にほひぬるかな

いにしへの　奈良の都の　八重桜　けふ九重に　にほひぬるかな

伊勢大輔

六二　夜は止めて　昼の高速　ぬける時
　　さて逢坂の　関はおいくら

夜をこめて　鳥の空音は　はかるとも　よに逢坂の　関はゆるさじ

清少納言

六三　今はただ　思ひ絶えなむ　とばかりを
スマホつないで　いふてみようか

今はただ　思ひ絶えなむ　とばかりを　人づてならで　いふよしもがな
左京大夫道雅

六四　朝のボケ　自分の名前　たえだえに
あらはれた人　認知症

朝ぼらけ　宇治の川霧　たえだえに　あらはれわたる　瀬々の網代木

権中納言定頼

六五　粗忽して　干したるパンツ　ありとても
おもらしするの　名こそ惜しけれ

恨みわび　ほさぬ袖だに　あるものを　恋に朽ちなむ　名こそ惜しけれ

相模

六六

諸共に　楽しと思へ　山桜
花をさかなに　我も酔ったり

もろともに　あはれと思へ　山桜　花よりほかに　知る人もなし

前大僧正行尊

六七　春の日の　夢をねらった　宝くじ
かひなく外れて　金こそ惜しけれ

春の夜の　夢ばかりなる　手枕に
かひなく立たむ　名こそ惜しけれ

周防内侍

六八　心にも　あらで憂き世に　ながらへば
うらめしきかな　夜半のトイレは

心にも　あらでうき世に　ながらへば　恋しかるべき　夜半の月かな

三条院

六九　嵐吹く　三室の山の　もみぢ葉は
着れぬ錦と　ひがむ心を

あらし吹く　三室の山の　もみぢ葉は　竜田の川の　錦なりけり

能因法師

七〇　さびしさに　ホーム立ち出でて　ながむれば
いづくも同じ　年寄りの群れ

さびしさに　宿を立ち出でて　ながむれば　いづくも同じ　秋の夕暮
良暹法師

七一

バブル去り　リストラの風　吹き荒れて
わしの懐　秋風ぞ吹く

夕されば　門田の稲葉　おとづれて　蘆のまろやに　秋風ぞ吹く

大納言経信

七二

音に聞く　高師の浜の　あだ波は
かけじや老いの　すすみこそすれ

音に聞く　高師の浜の　あだ波は　かけじや袖の　ぬれもこそすれ
祐子内親王家紀伊

七三

高砂の　尾上の桜　咲きにけり
交わす杯　断たずもあらなむ

高砂の　尾上の桜　咲きにけり　外山の霞　立たずもあらなむ

前中納言匡房

七四　憂かりける　首相たのむぞ　山おろし
改憲せよとは　祈らぬものを

憂かりける　人をはつせの　山おろしよ　はげしかれとは　祈らぬものを
源俊頼朝臣

七五　契りおきし　消費税の　改定は　あはれ今回　またも延期と

契りおきし　させもが露を　命にて　あはれ今年の　秋もいぬめり

藤原基俊

七六　わたの原　漕ぎ出でて見れば　中国の
漁船にまじり　警備の軍艦

わたの原　漕ぎ出でて見れば　久方の　雲ゐにまがふ　沖つ白波
法性寺入道前関白太政大臣

七七

瀬をはやみ　岩にせかるる　滝川の
あふれた末は　床上浸水

瀬をはやみ　岩にせかるる　滝川の　われても末に　逢はむとぞ思ふ

崇徳院

七八　ありやまあ　交通事故に　鳴るスマホ
幾夜ねざめぬ　街のおまわり

淡路島　通ふ千鳥の　鳴く声に　幾夜ねざめぬ　須磨の関守

源兼昌

七九　原発の　修理のたびに　洩れ出づる
放射線の　あなおそろしき

秋風に　たなびく雲の　絶え間より　もれ出づる月の　影のさやけさ
左京大夫顕輔

八〇　長からず　やつと染めたる　黒髪の
乱れて問はるる　あなたおいくつ

長からむ　心も知らず　黒髪の　乱れて今朝は　ものをこそ思へ

待賢門院堀河

八一

ホリエモン　泣きつる方を　眺むれば
ただ値下がりの　株ぞ残れる

ほととぎす　鳴きつる方を　眺むれば　ただ有明の　月ぞ残れる

後徳大寺左大臣

八二　介護され　さても命は　あるものを
憂きに堪へぬは　今後どうなる

思ひわび　さても命は　あるものを　憂きに堪へぬは　涙なりけり

道因法師

八三

世の中よ　道は大切　人気なき
山の奥にも　ブルドーザー

世の中よ　道こそなけれ　思ひ入る　山の奥にも　鹿ぞ鳴くなる

皇太后宮大夫俊成

八四　ながければ　またその頃や　しのばれむ
かつらかぶりし　今は悲しき

ながらへば　またこの頃や　しのばれむ　憂しと見し世ぞ　今は恋しき
藤原清輔朝臣

八五　夜もすがら　走り続ける　観光バス
トイレのひまさへ　つれなかりけり

夜もすがら　物思ふころは　明けやらぬ　閨のひまさへ　つれなかりけり
俊恵法師

八六　嘆けとて　歳やは物を　忘れさす
かこち顔なる　わが言い訳は

嘆けとて　月やは物を　思はする　かこち顔なる　わが涙かな

西行法師

八七　村雨の　露もまだひぬ　店先に
人立ちどまる　秋の安売り

村雨の　露もまだひぬ　まきの葉に　霧たちのぼる　秋の夕暮

寂蓮法師

八八　難波江の　蘆のかり寝の　ひとよゆゑ
実をならせては　後がたいへん

難波江の　蘆のかり寝の　ひとよゆゑ　身をつくしてや　恋ひわたるべき

皇嘉門院別当

八九　玉の緒よ　絶えなば絶えね　ながらへば
介護のむすめの　弱りもぞする

玉の緒よ　絶えなば絶えね　ながらへば　忍ぶることの　弱りもぞする
式子内親王

九〇　見せばやな　つたなき我の　筆だにも
孫をゐがいて　色はあざやか

見せばやな　雄島のあまの　袖だにも　濡れにぞ濡れし　色はかはらず
殷富門院大輔

九一

ぎりぎりに　辿りつきたる　避難小屋
衣かたしき　ひとりかも寝む

きりぎりす　鳴くや霜夜の　さむしろに　衣かたしき　ひとりかも寝む
後京極摂政前太政大臣

九二

わが家は　颱風通過の　ルートにて
人こそ知らね　乾く間もなし

わが袖は　潮干に見えぬ　沖の石の　人こそ知らね　乾く間もなし

二条院讃岐

九三

世の中は　常にもがいて　暮らしゆく
ひらの社員の　懐かなしも

世の中は　常にもがもな　渚漕ぐ　あまの小舟の　綱手かなしも

鎌倉右大臣

九四　見捨てられ　リストラの風　吹き荒れて
ふところ寒く　職さがすなり

み吉野の　山の秋風　小夜ふけて　ふるさと寒く　衣うつなり

参議雅経

九五　おほけなく　憂き世の民に　訴へる
わが立つ論は　憲法擁護

おほけなく　憂き世の民に　おほふかな　わが立つ杣に　墨染の袖

前大僧正慈円

九六　花さそふ　嵐の庭の　雪のなか
ふりゆくわが身　まずは一杯

花さそふ　嵐の庭の　雪ならで　ふりゆくものは　わが身なりけり
入道前太政大臣

九七

来ぬ人を　待つや駅前　喫茶店
冷めたコーヒー　身も寒々と

来ぬ人を　まつほの浦の　夕なぎに　焼くや藻塩の　身もこがれつつ
権中納言定家

九八　風そよぐ　池辺を飾る　ミソハギは
みそぎするとや　代はりたのむぞ

風そよぐ　ならの小川の　夕暮は　みそぎぞ夏の　しるしなりける
従二位家隆

九九　人もをし　飯も恨めし　あぢきなく
世をすねたる身　何をなすべき

人もをし　人もうらめし　あぢきなく　世を思ふゆゑに　物思ふ身は
後鳥羽院

一〇〇　百句とや　狂歌にせむと　努めれど
なほ埋まらざる　余白ありけり

ももしきや　古き軒端の　しのぶにも　なほあまりある　昔なりけり

順徳院

後書き――狂歌と私

私は大分前に狂歌を詠んだ事がありますが、その頃、狂歌はあまり流行っていなかったので、その後は遠ざかってしまいました。しかし、最近また興味を持ち始めました。

振り返ってみると、私は小学校の頃もよく「替え歌」を歌っていました。「青葉茂れる櫻井の……」（『櫻井の決別』）は「枯れっ葉だらけの櫻井の……」といった調子です。

そして定年後に、よく知られている短歌を口ずさんでいるうちに、ふと替え歌を思いつき、これは「ふざけた短歌」として書き留めました。

その後、狂歌の本を読むと狂歌には「本歌取り」というのがある事を知り、私の替え歌も「これだよ」と一人合点し、私のも狂歌と言う事にしました。

その頃は高齢者福祉ボランティア・グループに入っており、その広報誌を出していましたので、これに狂歌として投稿しました。平成十一年頃の事です。

しかし投稿したのを見ても、私には狂歌というよりも替え歌と言った方が当たっているような気がしていました。

狂歌の歴史は古く、平安朝にもあったと言われ、その中には世の中を風刺する「落首」も含まれていますが、独自の分野として大衆化したのは江戸時代であり、中期の「天明狂歌」は一つのブームだったようです。

しかしその後の幕末、明治以降には狂歌は廃れ気味となり、現代は狂歌不毛と言われています。

狂歌の技法としては、前記のように「本歌取り」があります。勿論すべてを自ら創作する方が本流でしょうが、優雅な和歌をひねくって、滑稽卑俗なものとする方がかえって可笑しさが増すのではないでしょうか。

狂歌の中では「本歌取り」が圧倒的に多く、「狂歌は本歌取り」と言われる所以です。


私の場合は前述のように、始めは「ふと浮かんだ」替え歌でしたが、最近では、もっと積極的に創るようにしたいと思っています。

そこで当然ですが、「本歌取り」をするならば古歌に詳しくなる必要があり、この点では私ももっと努力しなければならないと考えているところです。

次に大事なのは「ネタ」ですから、身の回りを探すのは勿論ですが、最近ではテレビ、新聞も「狂歌のネタ」を探すという視点からも見ています。どれだけの成果があるか分かりませんが、高齢となった私にはテレビ、新聞をよく見る事も必要でしょう。

それは老化防止にもなっていると思っています。

以上のような経過で狂歌を創っていたのですが、百人一首の分が揃いましたので、これをまとめて、僭越ながら『平成狂歌百人一首』とした次第です。

私はこれからも狂歌を続けたいと思っております。

平成二十八年十月

丘手秋檸檬《オカノテノアキレモン》こと

横浜市　木村　茂

丘手秋檸檬（おかのてのあきれもん）

大正14（1925）年　東京都生まれ
昭和22（1947）年　旧制松本高等学校卒業
昭和25（1950）年　東京工業大学化学工学科卒業
明治製菓㈱入社
昭和60（1985）年　同社定年退職
以後福祉関係ボランティアグループ等に参加

平成狂歌百人一首

2017年２月１日　初版発行

著　者　丘手秋檸檬
発行者　中田典昭
発行所　東京図書出版
発売元　株式会社 リフレ出版
〒113-0021　東京都文京区本駒込 3-10-4
電話 (03)3823-9171　FAX 0120-41-8080
印　刷　株式会社 ブレイン

ISBN978-4-86641-028-9 C0092
Printed in Japan 2017